Kids

Este libro pertenece a:

Para Iván, todos mis cuentos
R. A.

A todos los niños y niñas que sufren
R. S.

Papel certificado por el Forest Stewardship Council®

FSC
www.fsc.org
MIXTO
Papel | Apoyando la silvicultura responsable
FSC® C117695

Penguin Random House Grupo Editorial

Primera edición: septiembre de 2025

Printed in Spain - Impreso en España

ISBN: 978-84-10318-26-7
Depósito legal: B-12.065-2025

Compuesto por Araceli Ramos
Impreso en Talleres Gráficos Soler S. A.
Esplugues de Llobregat (Barcelona)

PK 1 8 2 6 7

ROBERTO ALIAGA

Cuentos 5 de minutos en letra ligada

ILUSTRACIONES DE ROGER SIMÓ

Kids

¡Qué SUERTE!

Aquella mañana, el señor Castor salió de su casa junto a la presa del río y, mirando hacia el cielo, dijo en voz alta:

—¡Me da en la nariz que hoy será un buen día!

Se puso la gorra de trabajo sobre la cabeza y se disponía a dar un largo paseo por la alameda cuando, junto al camino, se encontró con un objeto brillante: una pequeña herradura con siete agujeros.

—**¡Qué suerte la mía!** —exclamó, porque las herraduras con siete agujeros son las de la buena suerte.

El señor Castor estaba muy entusiasmado con su hallazgo y deseaba colocarlo donde pudiese verlo todos los días, para recordar su buena suerte.

Al llegar a casa, se subió a la escalera y, con un clavo y un martillo, la colocó sobre la puerta.

—¿Qué estás haciendo? —le preguntó Erizo, que pasaba por allí—. ¿A qué viene tanto ruido?

—No lo vas a creer, querido Erizo —contestó el señor Castor—. Pero esta mañana encontré una herradura de la buena suerte. **¿No es maravilloso?**

—¡Oh, ya lo creo! —exclamó Erizo—. Algo así necesitaría yo, porque llevo una racha de mala suerte...

El señor Castor bajó de la escalera y se acercó a su amigo.

—¿Es eso cierto? —se interesó, pasándole un brazo por el hombro—. ¿Y qué es lo que te ha ocurrido?

—No sabría ni por dónde empezar... —dijo Erizo, desconsolado.

Comenzaron a pasear y Erizo le contó al señor Castor los problemas que le quitaban el sueño:

Por lo visto, Mapache lo acusaba de haber rebuscado comida en su cubo de la basura. **¡Y no era verdad!** Ardilla había olvidado el escondite de sus bellotas y decía que Erizo se las había quitado. **¡Y no era verdad!** Y Pájaro Carpintero lo iba contando y los animales del bosque lo miraban mal.

Entonces, el señor Castor se detuvo en mitad del camino:

—No te preocupes —le dijo—. Volveremos a casa y te regalaré la herradura; tú la necesitas más que yo.

—¡Oh! —exclamó Erizo—. ¿Harías eso por mí?

—Por supuesto. ¿Acaso no somos buenos amigos?

—Claro que sí —dijo Erizo—. Ya quedan pocos como tú.

—No digas eso —dijo el señor Castor—. Verás cómo los malentendidos se aclaran y vuelves a ser amigo de todos los animales del bosque.

Ya en casa del señor Castor, este se subió a la escalera y con el martillo comenzó a forcejear, con tan mala suerte que la pequeña herradura fue a caer sobre la cabeza de Erizo, y al instante le salió un chichón.

—¿Lo has visto? —se quejó Erizo—. **¡Esto es cosa de mi mala suerte!**

—Podría haber sido mucho peor —le dijo el señor Castor soltando una risita—. Imagínate que en lugar de la herradura se me cae el martillo.

—Bien pensado... —dijo Erizo.

—¿Lo ves? Todo es cuestión de cómo se mire.

—No —añadió Erizo—. Lo que quiero decir es que, bien pensado, mejor me quito de aquí, no se te vaya a caer también el martillo, o la escalera... **¡Con un chichón ya he tenido bastante!**

Y echó a correr, alameda adelante.

La gran CARRERA

Aquella tarde,

a la salida de la escuela,

iba a tener lugar una carrera.

Y no una cualquiera.

¡Era la gran carrera!

Pájaro Carpintero se había ocupado de contarlo por todo el bosque.

Los contrincantes eran Pequeño Asno y Pequeña Jabalina.

Y el circuito por el que correrían era la alameda junto al río, desde la escuela hasta la presa, ida y vuelta.

Todos los animales estaban emocionados, junto a la línea de salida. Y cada cual daba su apoyo a quien creía que sería el vencedor:

—Pequeño Asno corre como un tornado.

—**¡Sin duda ganará él!** —decían unos.

—Pequeña Jabalina es ligera como el viento.

—**¡No hay quien le gane!** —decían otros.

Hasta los padres de los pequeños se habían acercado a la puerta del colegio.

El señor Asno le daba un masaje a su hijo en las patas traseras, mientras que los padres de Pequeña Jabalina daban consejos a su hija de la forma en que debería correr para sacar ventaja.

Después, Pequeño Asno y Pequeña Jabalina se dieron la pata.

Y sus padres también, diciendo:

—¡Que gane el mejor!

Urraca, con un graznido, fue la encargada de anunciar la salida.

Y al momento, Pequeño Asno y Pequeña Jabalina comenzaron a correr por la alameda.

Al principio de la carrera, fue Pequeño Asno quien sacó algo de ventaja, pero, en la primera curva, Pequeña Jabalina se escurrió por debajo de sus patas y consiguió

adelantarlo, justo en el momento en que la mochila de Pequeño Asno salía volando por los aires.

¿A quién se le ocurre correr con la mochila puesta?

Después, aligerado del peso, Pequeño Asno volvió a adelantar a Pequeña Jabalina, pero fue a limpiarse el sudor de los ojos y sus gafas salieron disparadas entre los árboles.

Pequeño Asno no veía muy bien... Y a la vuelta, como no llevaba las gafas, tropezó con una piedra, con tan mala suerte que se le cayó una herradura.

Pequeña Jabalina no paraba de correr. Iban los dos muy juntos. Y en la distancia comenzaron a verse animales apiñados. Entonces, ¡la meta estaba cerca!

Pequeño Asno hizo un esprint para conseguir el primer puesto.

Estiró y estiró el cuello, y entró antes en la meta... ¡por muy poco!

—**¡He ganado yo!** —vociferó, mientras recuperaba el aliento.

Sin embargo, Pequeña Jabalina no estaba de acuerdo:

—Me temo que te equivocas —le dijo—. Porque tú has ganado la carrera, sí, pero has perdido las gafas, una herradura y la mochila de la escuela.

—¿Y eso qué tiene que ver? —contestó Pequeño Asno, desconcertado.

—Claro que tiene que ver —explicó Pequeña Jabalina—. Tú has perdido tres cosas y has ganado una. Yo solo he perdido una. **Así que yo soy la ganadora.**

Y se marchó hacia su casa, sintiéndose una campeona.

Toc, toc,
TOC, TOC...

Ardilla se despertó esa mañana antes de lo habitual. Alguien estaba llamando al tronco en el que tenía su pequeña casa.

Toc, toc,
toc, toc, toc...

Ardilla asomó su hocico por la puerta y allí abajo estaba el señor Zorro.

Se peinó rápidamente y bajó a ver qué se le ofrecía.

—Querida Ardilla —dijo el señor Zorro—. Me gustaría que me acompañaras. Tengo que mostrarte una cosa...

—Claro, cómo no —respondió Ardilla. Y echó a correr tras él.

Al cabo de un rato llegaron a un claro del bosque. Junto a un nogal, había un montón de nueces y bellotas escondidas.

—Mira lo que he encontrado —dijo el señor Zorro—. ¿Te recuerda a algo?

Ardilla estaba un poco confusa.

—Ahora que lo dices... —dijo, rascándose la cabeza—, me suena que, como mi casa es tan pequeña, escondí en este claro todos los alimentos que había recolectado para el invierno...

—Lo que quiere decir que Erizo no te ha quitado nada. Yo mismo los encontré esta mañana, de casualidad —dijo el señor Zorro.

—¡Oh! —exclamó Ardilla, sintiéndose culpable—. Pobre Erizo. Y yo acusándole de haberme quitado mis bellotas... Tengo que pedirle disculpas inmediatamente.

—Y estaría bien que Pájaro Carpintero...

—Sí —asintió Ardilla—. Tengo que decirle a Pájaro Carpintero que diga a todo el bosque que yo estaba equivocada. Voy ahora mismo.

Echó a correr entre los troncos de los árboles.

Erizo se alegró muchísimo de que Ardilla hubiera encontrado sus alimentos, y se quitó un peso de encima.

Pájaro Carpintero, por su parte, no tuvo ningún problema en decirle a todo el bosque que lo de Erizo y Ardilla había sido un malentendido.

—Aunque también se me ha ocurrido algo —dijo. Y echó a volar.

A la mañana siguiente, Ardilla se despertó con un nuevo **toc, toc, toc, toc...**

Se asomó con mucho cuidado por la puerta de su pequeña madriguera, pero no había nadie llamando a su árbol.

Era Pájaro Carpintero, que estaba picando uno de los árboles más grandes que había junto a su casa.

Y así un día y otro. Y otro día. Y otro también...

Toc, toc, toc, toc...

Ardilla ya estaba desesperada. Llevaba una semana sin poder dormir bien.

Se le había clavado en la cabeza el **toc, toc, toc...**

Así que salió de su madriguera, en el tronco del árbol, y se dirigió hacia donde Pájaro Carpintero estaba trabajando.

—¡Voy a decirle que eso no está bien! —se quejaba Ardilla—. ¡Que deje de inmediato de picar el tronco! ¡Es tan molesto!

Pero cuando llegó a la rama que había junto a la entrada del nido, leyó sobre la puerta:

Y se quedó con la boca abierta. Pájaro Carpintero dijo:

—Vaya, la has visto antes de estar terminada.

—¿Es para mí? ¿Es esto verdad? —preguntó Ardilla.

—Claro que sí. Es mucho más grande que tu casa, y así no tendrás que dejar tus alimentos por el bosque, y no te olvidarás de dónde los has escondido ni volverás a tener problemas con Erizo. **¿No es buena idea?**

—¡Qué gran idea, Pájaro Carpintero! —exclamó Ardilla, secándose las lágrimas—. **¡Y no sabes cuánto te lo agradezco!**

El DENTISTA

El señor Asno se despertó

con un dolor de muelas enorme.

¡Y no pudo volver
a conciliar
el sueño en toda
la noche!

Por la mañana, se ató un pañuelo a la cabeza y se sentó en la puerta de su cuadra. Erigo, que pasaba por allí, lo vio y no pudo evitar acercarse.

—¿Qué te ocurre? —le preguntó.

—Ayyy... **¡Tengo un dolor de muelas terrible!** —se quejó el señor Asno.

—¿Y por qué no vas al dentista?

—¡Oh, no! Eso sería lo último que haría... ¡Querrá sacarme la muela y eso debe de ser mucho más doloroso!

—O sea, que te da miedo ir al dentista.

—¡**Nooo**! —dijo el señor Asno—. No es eso. Y no hables tan alto, que he visto por aquí a Pájaro Carpintero e irá con el cuento a todos los animales del bosque.

Erizo se encogió de hombros y siguió su camino.

Al cabo de un rato, pasó por allí Gran Ciervo . Y, ante los quejidos del señor Asno, se acercó a ver qué le pasaba.

—Ayyy... Se trata de una muela —dijo el señor Asno—. **Tengo un dolor horrible**. No me ha dejado dormir en toda la noche. Me duele tanto...

—¿Y por qué no vas al dentista? —le preguntó.

—Eso sería lo último que haría... ¡Querrá sacarme la muela, y eso será mucho más doloroso!

—¡Qué va! —dijo el Gran Ciervo —. Ponte el sombrero y vamos ahora mismo, ¿vale? **¡Te acompaño!** Es amigo mío y te solucionará el problema en un periquete.

El señor Asno no estaba muy convencido, pero como Gran Ciervo insistió, acabaron encaminándose los dos hacia la casa del dentista.

En la sala de espera, el señor Asno le dijo al Gran Ciervo

—¿Y si venimos mañana? A lo mejor hoy está muy ocupado y no puede atenderme...

—Cualquiera diría que te da miedo —dijo Gran Ciervo.

—¿Miedo? ¿A mí? ¡Nooo!

Cuando les tocó el turno, el señor Asno se sentó en la butaca y abrió su enorme boca.

Ratón, que era el dentista del bosque, saltó allí rápidamente e inspeccionó con buen ojo diente por diente.

—¡Oh, vaya! —dijo Ratón—. ¡Tienes una caries del tamaño de una nuez!

—¿Y eso qué significa? —dijo el señor Asno, temblando—. **¿Me tendrás que sacar la muela? ¿Me dolerá mucho?** ¡Ya sabía yo que venir al dentista me iba a doler!

El señor Asno se llevó la pata a la mejilla.

Estaba perplejo: ¡ya no le dolía!

Y se echó a reír con la mejor de sus risas.

Oso
DORMILÓN

Hacía ya varias semanas que había llegado la primavera.

Todos estaban tan contentos por el buen tiempo que no se habían dado cuenta de que **faltaba un animal del bosque...**

¡que aún no había despertado del largo sueño del invierno!

¡Oso no había aparecido!

La primera en darse cuenta fue Pequeña Jabalina, que era muy amiga suya.

—Estoy segura de que le ha vuelto a pasar lo del año pasado —le dijo a Ardilla, preocupada.

—No me extrañaría nada —contestó ella—. **Vayamos a su cueva para ver si estamos en lo cierto.**

¡Así fue! Cuando llegaron a la cueva de Oso, se encontraron la puerta cerrada y el buzón lleno de cartas.

Cuando acercaron sus oídos a la entrada, escucharon los graaandes ronquidos de Oso en el interior.

—¿Y ahora qué hacemos? —preguntó Pequeña Jabalina.

Ardilla se encogió de hombros.

—No lo sé —dijo, pensativa—. ¿Llamamos a la puerta con todas nuestras fuerzas?

Ardilla y Pequeña Jabalina lo intentaron, sin éxito, mientras, en el interior, se seguía oyendo el ronquido profundo de Oso.

—**¿Y si buscamos ayuda?** —propuso Ardilla.

Así fue como, al rato, Urraca y Pájaro Carpintero se unieron a ellos.

Pájaro Carpintero se puso a picar en la puerta, mientras Urraca, que tenía un enorme llavero con todas las llaves del bosque, buscaba la de la cueva de Oso.

¡Por fin la encontró y consiguió abrir la puerta!

—Hay que tener cuidado —dijo Urraca—. Tenemos que despertar a Oso sin sobresaltos, porque, si no, estará de muy mal humor. **¡Y ninguno queremos que eso pase!** Lo haremos poco a poco...

Pájaro Carpintero se puso a picotear en la mesilla de noche, pero no funcionó.

Urraca comenzó a soltar graznidos cada vez más sonoros, acercándose al oído de Oso, pero tampoco funcionó.

—Solo se me ocurren dos cosas más —dijo Pájaro Carpintero—: el rebuzno del señor Asno o el berrido de Gran Ciervo.

Y allá que se fueron a buscarlos.

¡Al final eran tantos que apenas cabían dentro de la cueva!

El señor Asno fue el primero en tomar la palabra, con una serie de rebuznos cada vez más sonoros.

Pero Oso seguía roncando tan tranquilo.

Y cuando Gran Ciervo comenzó a berrear, todos los animales tuvieron que salir de la cueva con las patas en los oídos, pero Oso no se despertó.

—¡Tengo una idea! ¡El señor Castor! —exclamó Pequeña Jabalina. Y, trotando, se dirigió hasta su casa.

—¿Qué ruido podrá hacer el pobre señor Castor? —se preguntaban todos.

Cuando volvieron, vieron que el señor Castor traía en una cesta un enorme pez del río, recién pescado.

Dejaron que se lo acercara al hocico de Oso, que poco a poco comenzó a olisquear. ¡Y eso que estaba aún dormido!

Al instante abrió los ojos de par en par y lanzó un graaan bostezo.

Después, se sacó dos tapones de cera de sus orejas peludas y exclamó de buen humor:

—¡Oh! Esto sí que hacía tiempo que no me pasaba. **¡Me habéis traído el desayuno a la cama!**

Ya no quedaban muchas alternativas.

Cigüeña se puso a pensar y al cabo dijo:

—¿Y quién vive en la casa del río número 34?

—¡Yo me lo sé! ¡Yo me lo sé! —apuntó Erizo—. Esa es la casa del señor Castor.

—¿Y dónde está él? —preguntó Cigüeña.

—Estará como siempre, trabajando en la presa del río —dijo el Pájaro Carpintero.

—¡Vayamos a verle! —sugirió Cigüeña.

Así, todos los animales del bosque fueron caminando hasta la casa del señor Castor.

Cuando llegaron, el señor Castor estaba en la orilla, tomándose un respiro.

—Buenas tardes —dijo Cigüeña—. **¡Creo que tengo un paquete para ti!**

El señor Castor se quedó asombrado. Ni por asomo esperaba una cría.

Ratón y Ratona

iban muy elegantes.

¡Y estaban muy contentos!

Mapache se movía de un lado a otro

y tomaba fotografías de los novios.

—Ratón —dijo Gran Ciervo—, ¿aceptas a Ratona como tu futura esposa, en las alegrías y las penas, en la salud y la enfermedad?

—¡**Sí, acepto!** —exclamó Ratón.

¡Clic!, hizo la cámara de Mapache al captar el instante.

—Y tú, Ratona —continuó el Gran Ciervo—, ¿aceptas a Ratón como tu futuro esposo, en las alegrías y las penas, en la salud y la enfermedad?

—¡**Por supuesto que sí!** —dijo Ratona.

¡Clic!, hizo la cámara de Mapache.

Sin embargo, la fecha se acercaba y aún no habían llegado a llenar el segundo tarro, por lo que tuvieron que ampliar su jornada de trabajo para recoger el polen de las flores y fabricar la miel.

—No os preocupéis —les dijo Liebre—. La miel la utilizaré de cobertura, así que puedo esperar hasta el último día para echársela al pastel.

Y, ni corta ni perezosa, se puso a trabajar, cortando, amasando, mezclando y removiendo el rico pastel para la fiesta de cumpleaños de Oso.

Enseguida llegó la fecha.

—¡Maestro! ¡Maestro! —gritaban—. El sol se está apagando, aunque todavía es por la mañana.

El señor Búho dejó el libro a un lado y se quedó muy serio.

—¿Y cómo es eso? —se dijo.

Se asomó al patio y miró hacia el cielo.

—Cualquiera lo diría... —dijo el señor Búho—. Si no ponía nada en mi revista de astronomía...

El señor Búho entró en la escuela y, al cabo de un rato, llegó con un gran telescopio.

Lo puso en mitad del patio y le colocó un filtro solar. Después, lo dirigió hacia el sol.

Los animalitos estaban expectantes.

—Fijaos —dijo el señor Búho—. Mirad por el telescopio y veréis como parece que le falta un pedazo al Sol.

Hicieron una fila y, poco a poco, se fueron subiendo a la escalerita junto al telescopio,
y se pusieron
a observar.
Decían:

Por eso mismo, cada cierto tiempo, Urraca cogía fuerzas, se preparaba a conciencia, e intentaba volar tan alto, tan alto, como para conseguir atrapar una estrella con su pico.

Era un gran acontecimiento en el bosque.

Todos los animales estaban con ella, animándola y jaleándola.

A la hora señalada, una vez que se puso el sol, Urraca salió de su nido y se dirigió al claro del bosque. Allí estaban todos esperándola para desearle buena suerte.

Hizo sus estiramientos y se quedó mirando al cielo durante un momento. Tenía que elegir a cuál de todas las estrellas volar, y había tantas...

Una vez decidida, levantó el vuelo sobre los aplausos y vítores de todos los animales y se dirigió hacia una estrella que brillaba un poquito más que las demás. Esa había sido la elegida.

Voló en línea recta durante largo rato.

Los animales, en el claro del bosque, se mordían las uñas de impaciencia.

—¿Lo conseguirá esta vez? —se decían unos a otros, cuchicheando.

Dos horas después, Urraca regresó al claro del bosque, pero tampoco esta vez lo había conseguido. No traía ninguna estrella en su pico.

Cansada de tanto volar, dio las gracias a todos sus amigos y se dirigió hacia su nido.

Allí guardaba muchas cosas brillantes que se había encontrado durante los últimos años y que ahora reflejaban la luz de la luna: alguna moneda, piedras preciosas, llaves de las casas de todos los animales...

Sin embargo, una estrella era lo que más deseaba,

y por eso, cada vez, después de intentarlo, se pasaba un par de días entristecida por no haber podido conseguir su empeño:

atrapar una estrella.

Cuando todos los animales regresaron a sus hogares, Erizo y Ardilla, se dirigieron hasta el nido de Urraca.

¡Tenían preparada una sorpresa!

No es que no confiaran en su amiga; solo lo habían previsto por si acaso esta vez tampoco lo conseguía.

Erizo le dio el bote de conservas a Ardilla, y ella, sigilosamente, trepó por el tronco del árbol hasta el nido de Urraca.

Acompaña a Pedro y a Julia en este recopilatorio de cuentos cortos para crecer emocionalmente.

Un divertido álbum rimado para recordar que nuestras diferencias son lo que nos une y que lo más importante es la compañía de nuestros amigos.

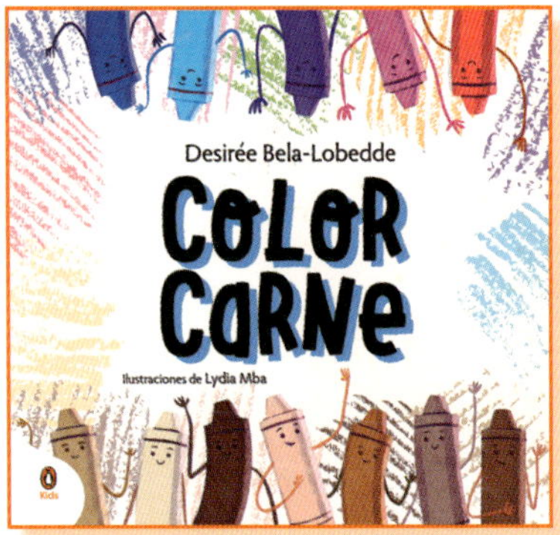

El mar tiene muchos tonos de azul. ¿Y si no existe un único color carne? Un cuento de Desirée Bela-Lobedde para explicar el racismo a los niños.

Cinco aventuras extraordinarias escritas por María Menéndez-Ponte, con diálogos sencillos y rimas tronchantes, ¡para releer una y otra vez!